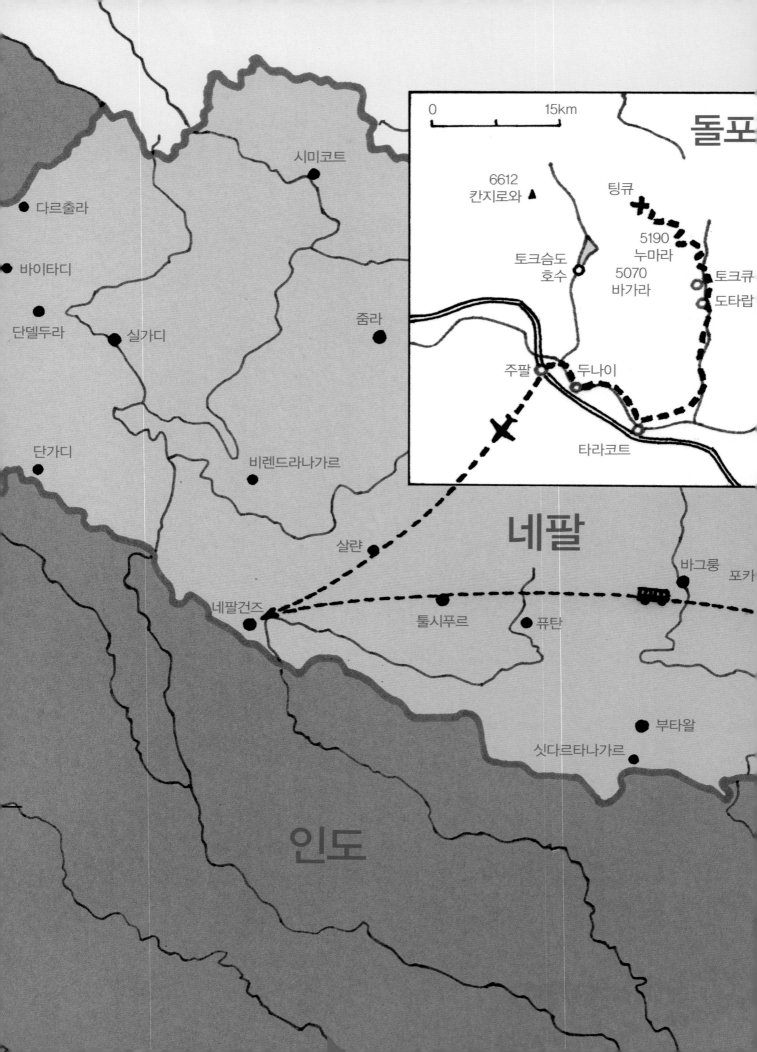

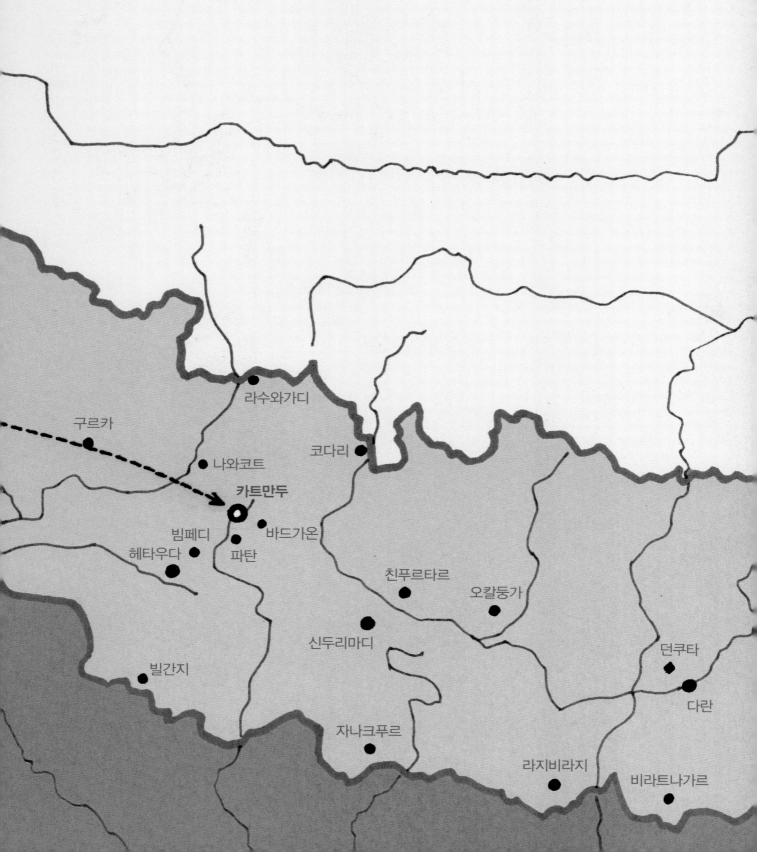

중국

라수와가디

구르카

코다리

나와코트

카트만두

빔페디

바드가온

헤타우다

파탄

친푸르타르

오칼둥가

신두리마디

던쿠타

빌간지

다란

자나크푸르

라지비라지

비라트나가르

LE PLUS LONG CHEMIN DE L'ÉCOLE

세상에서 가장 먼
학교 가는 길

르노 가레타·마리-클레르 자부아 **지음**

김미정 **옮김**

생각비행

세상에서 가장 먼
학교 가는 길

초판 1쇄 인쇄 | 2019년 5월 21일
초판 1쇄 발행 | 2019년 5월 28일

지은이 르노 가레타·마리-클레르 자부아
옮긴이 김미정
책임편집 조성우·손성실
마케팅 이동준
디자인 권월화
용지 월드페이퍼
제작 성광인쇄(주)
펴낸곳 생각비행
등록일 2010년 3월 29일 | 등록번호 제2010-000092호
주소 서울시 마포구 월드컵북로 132, 402호
전화 02) 3141-0485
팩스 02) 3141-0486
이메일 ideas0419@hanmail.net
블로그 www.ideas0419.com

ⓒ 생각비행, 2019
ISBN 979-11-89576-26-4 03860

책값은 뒤표지에 적혀 있습니다.
잘못된 책은 구입하신 서점에서 바꾸어드립니다.

2013년 개봉된 장편영화 〈학교 가는 길Sur le chemin de l'école〉은 굉장한 반향을 일으켰다. 영화는 어린 학생들이 학교에 다다르기 위해 매번 거쳐야 하는 위험한 여정을 되짚어갔는데, 배움의 길이 모든 이에게 공평하게 열려 있지 않다는 사실을 다시금 일깨우는 계기가 되었다. 고립된 지역 아이들이 학교에 가는 과정은 그야말로 탐험에 가깝다. 그들은 목표에 다다르기 위해 때때로 엄청난 위험을 감수해야 한다. 케냐에서 미얀마까지, 마다가스카르를 통해 전 세계로부터 도착한 새로운 26가지 이야기 덕분에 다큐멘터리는 더욱 풍성해졌다. 3년간 자료 수집을 하고 수많은 만남을 거치는 과정에서 특별히 마음 가는 이야기가 있었다. 네팔 돌포 지역에 사는 다섯 아이들이 카트만두의 학교까지 가는 이야기였다. 학교까지 가려면 일주일 넘는 엄청난 여정을 거쳐야 했다. 히말라야의 눈 덮인 산과 계곡들을 건너는 이 여행은 위험한 만큼 보는 이들에게 놀라움을 자아낸다. 이 아이들의 발걸음을 영화에 담고 싶다는 열망은 2015년 카트만두에 일어난 지진으로 실현되지 못했다. 그러나 자연재해도 아이들이 학교 가는 길을 막지 못했다. '쉬르르슈맹드레콜(Sur le chemin de l'école, 학교 가는 길)' 협회는 상상을 뛰어넘는 아이들의 여정을 만화라는 형식으로나마 보여주어야겠다는 생각을 했다. 이 아이들의 용기와 결단은 다른 세계에 사는 아이들과 꼭 공유할 만한 것이었다. 장애물은 그리 중요하지 않다는 사실을 아이들이 우리에게 알려주었다.

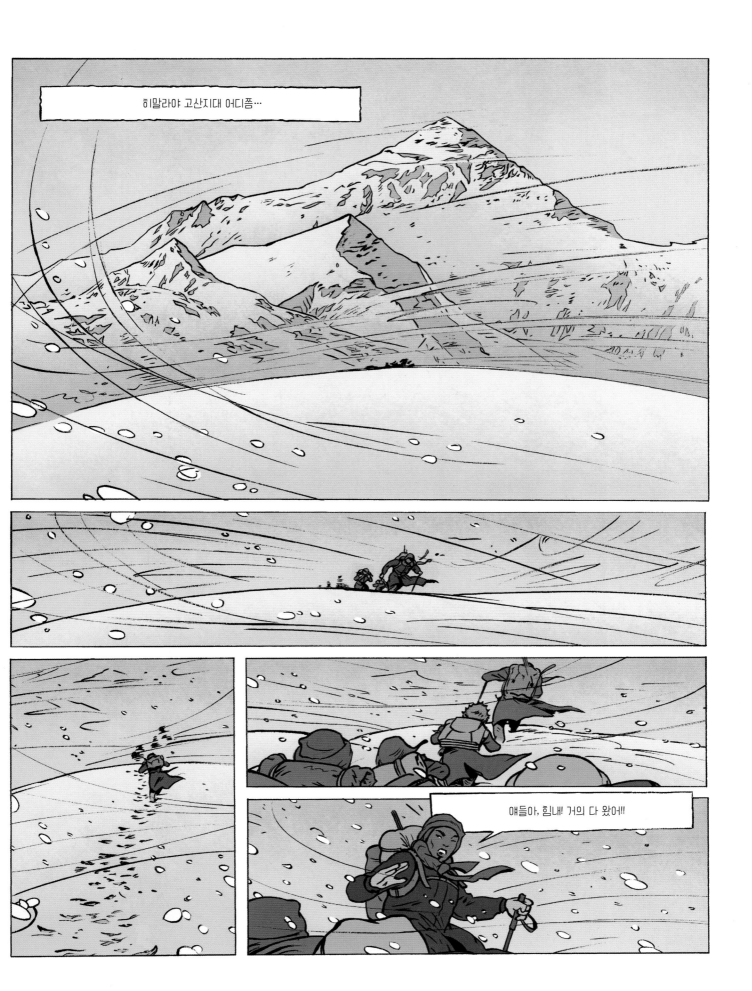

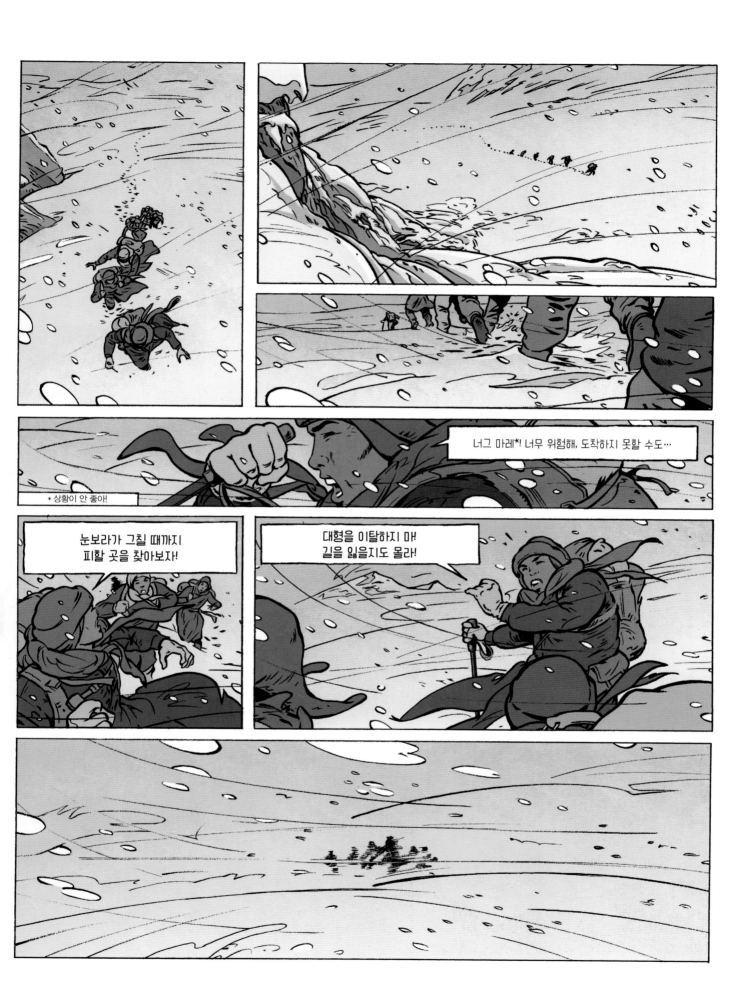

7

전날, 작은 마을 팅큐. 이곳은 네팔 북서부 티베트 내륙에 있는 돌포의 '승려들이 머무는 계곡'으로부터 4200미터 올라간 고지다.

디오팡* 입구에서 다채로운 빛깔의 옷을 차려입은 여인들이…

* 평평한 지붕 위에 나무를 얹어 곡식을 말릴 수 있는 돌집

노래를 부르며 즐겁게 의식에 쓸 음식을 준비하고 있다.

셰라브와 소남의 엄마는 노간주나무 가지를 태워 집 안을 정화하는 중이다.

이웃집에 사는 우르겐의 엄마는 가방 두 개를 준비한다. 하나는 여행용 가방, 다른 하나는 책가방이다.

그녀는 달콤한 간식들, 메밀을 넣은 갈레트, 말린 치즈를 가방에 넣는다.

수통과 작은 담요도 넣는다. 주와*와 성냥도 따로 챙긴다.

* 땔감으로 쓰는 말린 야크 똥

다른 가방에는 깨끗한 옷과 노트를 넣는다.

셰라브와 소남의 엄마 역시 가방 준비를 마친다.

그녀는 완벽하게 접은 카타*를 정성스럽게 가방에 넣는다.

* 합성 비단으로 만든 흰 스카프로 축하의 뜻으로 두른다. 티베트에서 존경과 축복을 상징한다.

카타에는 경전 문구와 만트라, 행운을 상징하는 여덟 개의 상징이 수놓여 있다.

시간이 흐른 후 마을에서는…

셰라브, 맙소사!
우리가 고기를 먹진 않지…

학교로 떠나는 걸 기념한다고 동물을
죽일 필요까지는 없잖아요! 불교를 믿는
우리가 고기를 먹을 수도 없고!

오늘 저녁 같은 큰 의식이 있을 때를 제외하고.
너도 잘 알잖아!

피이… 그래도 먹지 마요! 아저씨가 승려가 되면
고기는 끝이에요! 살아 있는 존재를 고통스럽게
하면 안 되잖아요. 염소도 살아 있는 존재잖아요?

어쨌든… 그릴에
구운 염소고기는 맛이
끝내줘!

만약…

학교급식으로 고기가 나왔어.
다른 먹을 게 없으면 어쩔 거야?

다른 나라에도 고기를 안 먹는 사람들이 있는지 궁금한데?

동물을 죽이는 걸 허용하는 종교가 있을까?

물론이다! 식량으로 먹기 위해서라면!

10

저녁 시간…

자 셰라브, 와서 좀 먹으렴!

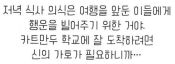

저녁 식사 의식은 여행을 앞둔 이들에게
행운을 빌어주기 위한 거야.
카트만두 학교에 잘 도착하려면
신의 가호가 필요하니까…

학교까지 무척 멀잖니.
9일은 걸려. 여기저기 위험한
복병들이 있단다.

통과의례 같은 거지. 그 여행을 통해
너는 어린 시절을 떠나 성장하는 거란다.

마을 사람들은 너희에게 희망을 걸고 있어.
새로운 세대… 교육이 기회를 가져다주니까.

도대체 저녁은 언제 먹는담?

일행을 대표해서 감사히 받겠습니다, 라마님, 이 아름다운 선물을…

감사합니다. 늘 생각하며 기도할게요.

우리는 떠나지만 마음은 여기 있을 거예요.

내 말라*를 줄게, 형제여. 왼손에 항상 차고 다니면서 염주알을 돌리며 기도하렴. 너희를 고통에서 벗어나게 해줄 거야.

* 염주

칼레이 수아*

* 조심히 다녀오거라.

소남, 작은 선물이 있어. 네 여행을 위한 거야…

잘 다녀오거라, 내년에 보자!

13

저 새는 뭐죠?

수염수리*야…

* 큰 독수리의 일종으로, 날개가 길고 폭이 좁고 뾰족하다.

좋은 신호예요, 나쁜 신호예요?

수염수리는 '어린 양 독수리'라고 불려. 양을 훔쳐가는 걸로 악명이 높거든. 실제로도 동물의 사체를 먹지. 다른 독수리들이 사냥하는 걸 기다렸다가 고깃덩어리를 차지하기도 해!

그래? 우르겐, 어떻게 그걸 다 알지?

?!

돌포 파와* 티베트인들은 맹금류를 존경하거든요! 누구나 다 알아요!

* 돌포 주민들

그렇구나, 얘들아, 그럼 '천공의 장례식' 이야기는 아니?

수백 년 전부터 티베트에는 티앙 잔* 전통이 내려온단다.

* 하늘에서 열리는 장례식

죽은 이의 가죽을 벗겨 독수리에게 주는 장례예식이야. 독수리가 사람의 영혼을 하늘로 데려가는 역할을 하거든.

이런 속담이 있지. "누구나 죽지만, 아무도 죽지 않는다!"

그들은 다시 짧은 내리막길을 지나
긴 오르막길을 올랐다. 급류를 따라 쉽게
이동할 수 있었다.

그런 다음 작은 골짜기를 따라
첫 번째 높은 산봉우리 방향으로 향했다.

!

꿈을 꿨나? 누가 우리를
따라오는 기분이 드는데.

혹시 눈표범을 본 건가!

그들은 가파른 오르막길로 접어들었고…

다시 점차 완만해진 능선을 따라 올랐다.

좁은 길을 걸어 천천히 최고봉으로 다가갔고,
마침내 첫 번째 산봉우리에 도착했다.

흐린 하늘의 위협만 없었다면 장엄한 전경이 한눈에 들어왔을 것이다.

고지대라 불안정한 눈들이 덩어리째 커지면서 수직으로 내리꽂혔다.

흠, 상황이 좋지 않은데…

그들이 통과하는 길 위로 기도문이 적힌 깃발들이 보였다. '바람의 말들'이라고 불리는 이 깃발은 다섯 가지 빛깔의 네모난 종이나 천으로 경전 문구가 쓰여 있었다.

정상의 바람이 너무 거세어 '바람의 말들'이 떨어져 공중으로 나부꼈다.

깃발은 그런 식으로 기도문과 축복을 세상에 퍼트린다.

그들은 축복을 받기 위해 깃발 아래로 조심스럽게 통과했다.

이어지는 길은 가파른 내리막길이었고,

좁은 골짜기라 통과하기 힘든 곳이다.

눈송이들이 흩날리며 떨어지기 시작했다.

눈보라가 오는 게 아니길!

그러면 많이 지체되는데… 이렇게 높은 곳에선 너무 위험해.

자, 얘들아, 서둘러! 날씨가 변덕스러우니 어서 숙소에 도착해야 해…

BRAÔM! 쩌~억!

시간이 조금 흐른 뒤 그들은 타그푸그*에 야영을 하기 위해 짐을 풀었다.

내가 뭘 봤는지 상상도 못 할걸!

* Thag Phoug, 동굴 은신처

뭘 봤는데?

셰라브, 예티*?

더 굉장한 거!

예티보다 진짜, 더 보기 힘든 동물!

눈…눈… 눈표범을 봤어!

아무 말이나 하지 마, 셰라브! 그럴 리가 없어!

말도 안 돼! '산 유령'을 인간은 볼 수 없어!

맞아, 꿈을 꾼 거겠지! 이렇게 눈이 내리는데 뭔들 보일까!

오늘처럼 눈이 내릴 때 눈표범도 사냥하기 쉽지 않을걸…

정반대란다! 눈 때문에 시야가 흐려지고 소리가 묻혀서 조용히 먹잇감 앞까지 다가갈 수 있어. 오히려 사냥하기 가장 좋은 순간이지.

눈표범이 인간도 공격하나요?

입 닥쳐, 다와! 우리를 겁줄 셈이야?

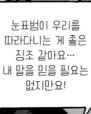

눈표범이 우리를 따라다니는 게 좋은 징조 같아요… 내 말을 믿을 필요는 없지만요!

에이~ 파상은 유령이 무섭대요!

자, 얘들아, 조용히 하자. 첫날이라 다들 지치고 피곤할 거야. '미데우사*'를 최대한 이용해보자.

* mi deussa, 사람들이 머무는 장소라는 뜻으로 여행객들이 잠을 자는 곳을 말한다.

* 설화에 나오는 히말라야 설인 – 옮긴이

저녁을 잘 먹으면 다시 힘이 날 거야

와아아!

성냥은 누가 갖고 있지?

아… 안 돼, 우르겐. 네 가방에 있었어? 다 젖어버렸겠구나! 불을 피울 수 없겠어!

물을 끓여 차를 마실 수도 없고?

그럼 참파*도 못 먹어요??

으, 나 진짜 배고파 죽겠다고!

또 성냥 가진 사람 없니?

시작이 좋구나!

* 찻잔에 야크의 가염버터와 티베트 보릿가루를 넣어 손가락으로 주물러 만든 음식

전부 네 탓이야, 우르겐! 그렇게 부주의하게 행동하지만 않았어도!

자자, 별거 아니야. 내일이면 성냥이 다 마를 거야.

오늘 저녁은 말린 고기와 메밀가루 갈레트로 만족하자꾸나. 자 모두…

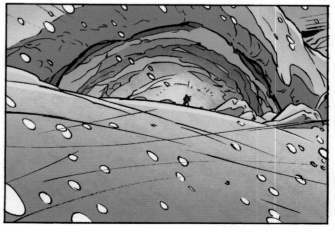

22

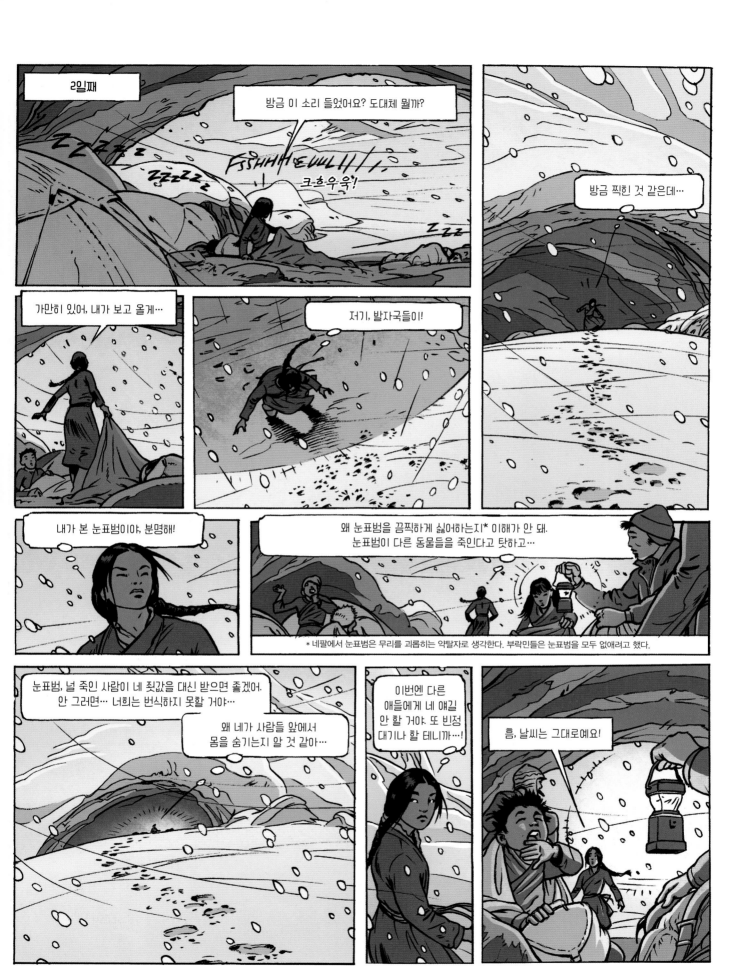

그렇게 기도나 하면 정말 파상이 돌아올 것 같아?

뭐든 해야 해!

? ?

안 돼, 다와! 너무 위험해! 돌아와!

그로부터 긴 시간이 흐른 후…

진짜 표범이 널 발견한 거야, 아님 네 기도 덕분이야?

어휴…

기다리는 동안 다와는 펨마에게 이후의 일을 묻기 시작했다.

펨마, 며칠 뒤에 도착해요?

펨마는 비행기를 타봤지요?

하늘에 있을 때 느낌이 어때요?

지금처럼 똑같이 숨을 쉬나요?

비행기는 어떻게 나는 거예요?

흠, 나는 비행기가 끔찍해!

우르겐, 넌 뭐든 무서워하잖아!

다음 날 밤, 그들은 작은 촌락의 소박한 집에서 하룻밤 머물게 되었다.

응애에!

그 집에는 출산 중인 젊은 여인이 있었다. 집주인의 딸이었다.

응아에!

사내아이네요. 할머니가 사내아이라고 확신하더니. 품에 안게 해주세요.

응아응아!

간호사 쉬미와 전통 방식을 따르는 의사 아르둥 람시가 출산을 돕기 위해 집에 와 있었다.

세상에 잘 왔다. 아가야.

으아앙!

집에서 동생들이 태어나던 순간이 생각난다.

아기가 널 보고 처음 웃었으니까 네 이름을 따와 지어야겠다. 이름이 뭐니?

소남입니다. 아주머니.

27

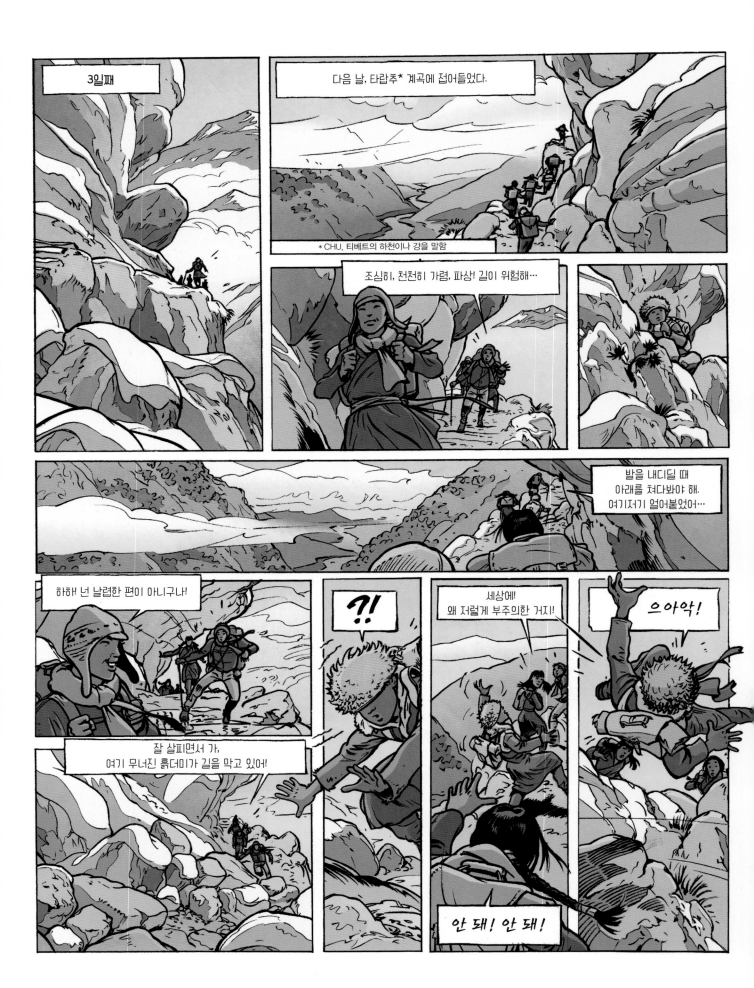

29

우르겐, 통증이 금방 사그라들 거다!

소남, 우르겐의 발목에 약초 찜질을 할 동안 기도문을 암송해줄래? 그러면 효과가 더 좋다고 람시 선생님께서 늘 말씀하셨거든…

알다시피, 몸과 영혼이 연결되어 있어서…

?!

이 계곡의 전설을 아니?

셰라브는 좋아할 거다. 이름은 '굉장한 말들의 계곡'이라는 뜻을 가지고 있어!

고대엔… 도타랍 계곡이 원래 거대한 호수였고, 거기에 정령이 살고 있었단다.

또 정령 이야기예요!

어느 날, 말("Ta") 한 마리가 호수로부터 튀어나왔는데… 정말 눈부시게 잘생겼다고("Rap") 한다…

그런 이유로 이 계곡을 타랍이라고 부르게 되었어.

4일째

그들은 강이 내려다보이는 좁고 가파른
오솔길을 따라 1시간 30분간 이동했다.

조심해, 우르겐, 이번에는 떨어지지 않게 조심하라고!

재미없었거든!

31

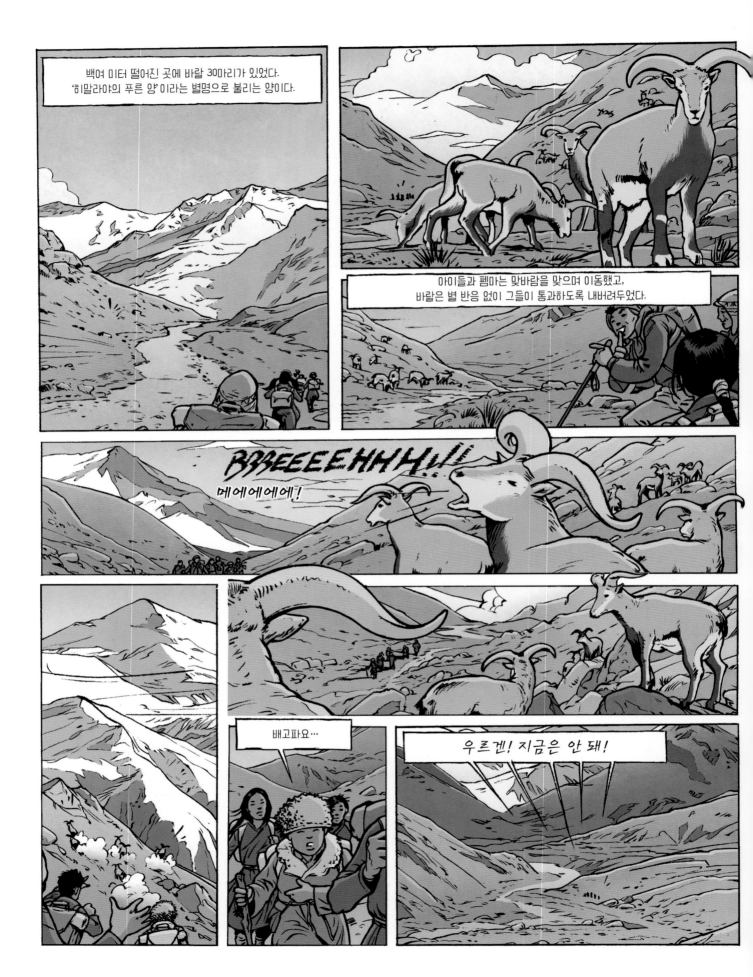

백여 미터 떨어진 곳에 바랄 30마리가 있었다.
'히말라야의 푸른 양'이라는 별명으로 불리는 양이다.

아이들과 펨마는 맞바람을 맞으며 이동했고,
바랄은 별 반응 없이 그들이 통과하도록 내버려두었다.

BRREEEEHHH...!!

메에에에에!

배고파요…

우르겐! 지금은 안 돼!

32

밤이 되었으나, 그들은 촌락 위쪽으로 난 꾸불꾸불한 산길을 통해 가파른 오르막길로 다시 접어들었다.

공파* 근처를 지나갔다.

* 티베트어로 '고립된 장소'라는 뜻으로 영구 거주자가 없는 작은 수도원.

다시 길이 넓어지고 평평해졌다.

그리고 암노새와 야크를 탄 대상들과 마주쳤다. 대상들은 티베트를 경유하여 쌀과 소금을 운반하고 있었다.

카와 니 펩 파?*

* 어디서 오는 길이요?

카와 펩 카?*

* 어디로 가는 겁니까?

33

그들은 이제 서쪽으로 접어들었다.

5일째

강물이 깊고 급류가 세서 지나갈 수 없는 길이다.

멀리 우회해야 했고…

그런 다음 고지들을 다시 통과해야 했다.

세상에! 언제까지 가야 하지?

우르겐, 힘을 내!
이 산의 풍광에 감탄할 기회를 잃을 셈이냐?
높은 곳에 가면 먹을 게 있을지도 모르잖아 하하하…

시간이 흐르자
그들은 새로운 장애물과 맞닥뜨렸다.

어…
또 무슨 일이지?

무너진 바위와 흙더미가 통로를 막고 있었다.

이번엔 떨어지지 않도록 조심히 건너.

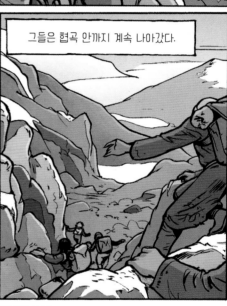

그들은 협곡 안까지 계속 나아갔다.

계곡을 보호해주는 고대 초르텐*이
연이어 세워져
있었다.

이 초르텐의 역사가
얼마나 긴지 보렴…

* 마을 초입이나 고개 가까이 세워져 있다.
  초기 초르텐에는 부처의 성유골과 경전이 들어 있었다.

자, 불교 전통에 따라
시계방향으로
한 바퀴 도는 거야!

잘 있어,
귀여운 눈표범…

그들은 도타랍(해발 4040미터)에
도착했다.

얘들아, 바로 앞에 있는 건물이
리보 봄파의 사원이야!

나도 말을 타고 학교에 갈 수 있다면…

여긴 '도'라는 마을이야…

얘들아,
조금 쉬어가자…

실례합니다만, 람시 선생의 집이
어딘지 아십니까?

람시는 지금 없습니다.
걸어서 3일 걸리는
타라코트에 가 있어요.

가방을 나한테 줘,
우르겐.
내가 들어줄게!

자, 우르겐. 의사 선생님을 만나기
전까지 이렇게 붕대를 하고 있으면
좀 덜 아플 거야.

마을 입구에서 펨마는 한 노인에게 라이터를 하나 샀다.

아이들을 데리고 어디서 오는 길이요?

저희는 5일간 걸어왔습니다. 카트만두에 있는 학교로 아이들을 데려가는 중입니다.

카트만두까지? 긴 여행이구려! 학교에 가는 길이라니, 믿을 수 없군!

저기, 할아버지… 할아버지께서도 학교에 다니셨어요?

아니! 우리 땐 승려들만 읽고 쓰는 법을 알았지. 나는 배울 기회가 없었어.

학교에 갈 수 있는 건 굉장한 행운이야! 더 나은 미래를 보장해주는 확신 같은 거지… 너희한테도… 너희 마을 사람들에게도.

얘들아, 출발해야 해. 계곡에 벌써 안개가 자욱한데… 어르신, 폭풍우를 걱정해야 할까요? 어떻게 생각하세요?

걱정할 필요 없을 거요. 도타랍에선 폭풍우가 몰아친 적이 없으니까! 마을은 저기 보이는 위대한 초르텐의 보호를 받고 있소.

와아아아!

그곳에는 여자 악마의 유골이 들어있는데, 구루 린포체*가 마법 단검을 악마의 몸에 내리꽂기 위해 이곳까지 쫓아왔다는 전설이 내려온단다.

* 소중한 선생님이라는 뜻으로 8세기 불교의 위대한 스승인 그는 '연꽃에서 태어났다'고 전해지며 티베트 불교의 창시자이다.

도타랍을 떠나기 위해 그들은 마지막 촌락을 벗어나 수많은 다리를 건넜다.

노인의 말이 맞았군… 마법처럼 구름이 걷혔어!

그들은 타랍추를 몇 차례 교차하며 나아갔다.

계곡 폭이 좁아지고, 고도는 점점 높아졌으며, 여기저기 협곡이 움푹 들어가 있었다. 길은 지하의 작은 굴들로 연결되었다.

그들은 잠시 멈춰 서서 '하얀 산'이라는 뜻의 다울라기리 산악지대 북쪽 사면에서 아름다운 풍광을 보기도 했다.

하지만 매우 느리게 이동할 수밖에 없었다. 여기저기 너무 가파른 곳이 많고 우르겐이 발목 고통을 호소해서 전원이 느리게 이동했다.

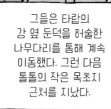

서둘러, 우르겐. 비행기는 우리를 기다려주지 않아, 자…

그들은 타랍의 강 옆 둔덕을 허술한 나무다리를 통해 계속 이동했다. 그런 다음 톨톨의 작은 목초지 근처를 지났다.

그리고 해발 3750미터에 자리한 기얌가르 사원에 이르렀다.

해발 3475미터에 있는 촌락 나와르파니는 타랍 추 협곡을 내려다보고 있었다…

그들은 길 가장자리를 돌 때마다 100년 된 마니석 돌무덤*을 여러 개 마주쳤다.

* 돌 위에 만트라가 새겨져 있는데, '연꽃에서 태어난 보석'이라는 뜻의 산스크리트어 '옴마니반메훔'은 불교에서 가장 중요한 만트라이다. 마니석 모양이 있고 원통형 바퀴 마니 차가 있다.

그때마다 아이들은 그 주위를 돌려고 노력했다.

모든 마니석을 돌 필요는 없어!

왜 안 해요? 여행 마지막까지 신들의 보호를 받아야 하는데…

음… '신들의 보호를 받는 것'이 지겨워지면 안 되니까…

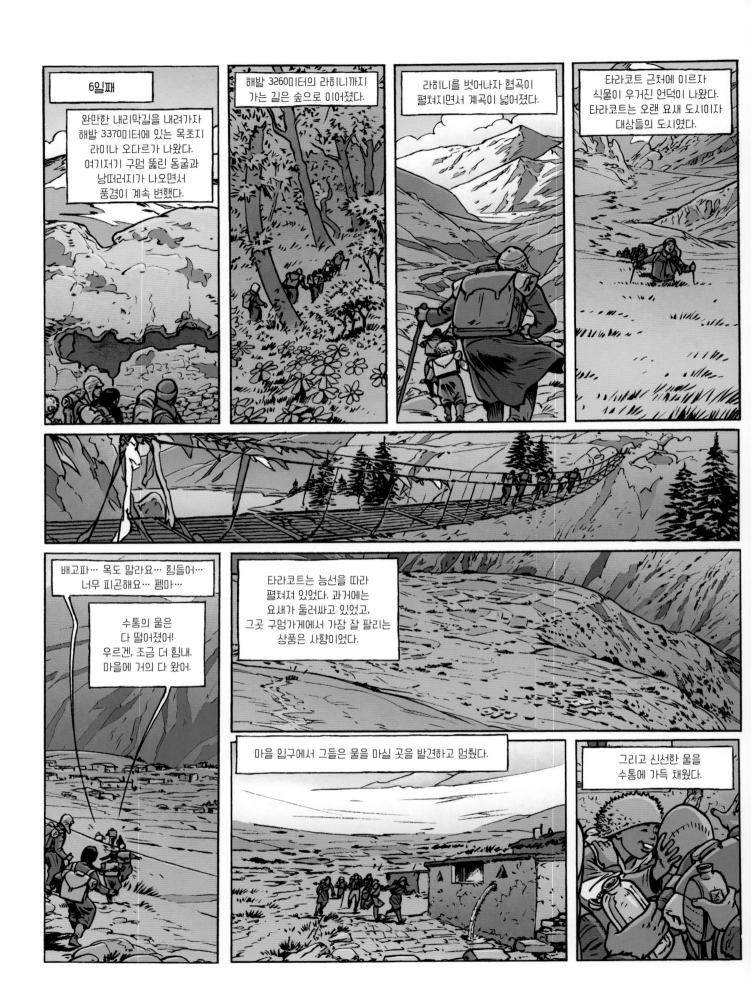

6일째

완만한 내리막길을 내려가자
해발 3370미터에 있는 목초지
라이나 오다르가 나왔다.
여기저기 구멍 뚫린 동굴과
낭떠러지가 나오면서
풍경이 계속 변했다.

해발 3260미터의 라히니까지
가는 길은 숲으로 이어졌다.

라히니를 벗어나자 협곡이
펼쳐지면서 계곡이 넓어졌다.

타라코트 근처에 이르자
식물이 우거진 언덕이 나왔다.
타라코트는 오랜 요새 도시이자
대상들의 도시였다.

배고파… 목도 말라요… 힘들어…
너무 피곤해요… 펨마…

수통의 물은
다 떨어졌어!
우르겐, 조금 더 힘내.
마을에 거의 다 왔어.

타라코트는 능선을 따라
펼쳐져 있었다. 과거에는
요새가 둘러싸고 있었고,
그곳 구멍가게에서 가장 잘 팔리는
상품은 사향이었다.

마을 입구에서 그들은 물을 마실 곳을 발견하고 멈췄다.

그리고 신선한 물을
수통에 가득 채웠다.

나마스테! 그동안 어떻게 지냈소?

잘 지냈어요. 이번에 아기가 태어났을 때 소남이 함께할 수 있게 해주셔서 감사합니다. 소남은 아이에게 자기 이름을 붙여준 걸 자랑스러워하진 않았지만요.

선생님을 찾아왔어요. 우르겐이 그만 추락을 했거든요. 며칠 전부터 통증이 심해요.

그래, 얘야, 발을 내디딜 때 아래를 보지 않았구나? 이리 와라, 내가 봐주마.

의사는 먼저 우르겐의 왼쪽 손목을 잡고 맥박을 재기 시작했다.

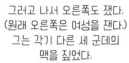

그러고 나서 오른쪽도 쟀다. (원래 오른쪽은 여성을 잰다.) 그는 각기 다른 세 군데의 맥을 짚었다.

의사는 손가락으로 동맥의 혈압을 쟀다. 얼마간 시간이 걸렸고 그 뒤에 또 다른 쪽 손목에도 똑같이 했다.

그러고 나서 발목과 어깨를 살폈다.

자, 이걸 씹어라. 그리고 따뜻한 물과 함께 삼키렴.

이건 뭐죠?

허브, 나무껍질, 미네랄, 과일가루로 만든 알약이야. 고대 조제법에 따라 내가 직접 만든 거야.

얘야, 나를 믿으렴! 이제 이 양피지에 적힌 기도문을 읽고, 삼키면 된다.

?!

그렇게 하면 빨리 회복될 거야.

타라코트와 두나이 사이…

계곡 사이에 걸린 가장 긴 다리야. 하지만 우리 바르벙 하천의 왼쪽 기슭으로 이동해야 해.

강을 내려다보며 오르막길로 이어졌다. 계곡 사면을 따라가는 비탈길도 힘들지는 않았다…

다울라기리 산악지대에 속한 푸타히운출리(7246미터)와 도가리히말(6536미터) 정상의 풍광.

식물들은 더 여유 있는 지대를 찾아 빽빽한 침엽수 사이에서 성긴 소나무숲으로 이동한다. 소나무숲의 바람소리에 멀리서 빙탑 무너지는 소리까지 더해져 이전 며칠과는 완전히 다른 분위기가 된다.

BRAÕOUMM…

우르르 쾅쾅

나도 그래!

천둥 치는 소리가 싫어요…

'폭풍우'가 '용의 목소리'라는 뜻 맞아요?

그럴단다.

애들아… 여기서 야영을 하자. 밤에 숲을 지나가지 않는 게 좋겠어.

땔감용 잔가지를 주워올게요!

비행 중에 폭풍우가 치면 어떻게 돼요?

벼락을 맞으면 비행기가 추락하겠지? 추락은 이미 겪어봤잖아?

그만해, 재수 없는 여왕님!

7일째

다음 날, 해발 2200미터에 있는 군청 소재지 두나이에 도착했다.

이 소도시는 얼핏 보기에도 아이들이 살던 마을에 비해 거대해 보였다. 다와는 수많은 오락거리에 감탄하며 시선을 뺏겼다.

반면 셰라브는 불편한 통증을 느꼈다.

파상은 머리를 어디에 둬야 할지 알 수 없을 만큼 눈알이 핑핑 돌았다. 생전 처음 보는 것들이 수도 없이 많았지만 자동차는 없었다. 두나이에서는 말을 타고 이동하거나 도보로 다녔다.

어느 가게 근처에 독특한 체커놀이판 주위로 사람들이 몰려 있었다.

남자들 십여 명이 '호랑이 전술 게임'이라고 불리는 바그 칼 게임* 중인 두 사람을 둘러싸고 있었다.

* bagh chal, 두 사람이 하는 네팔의 전통 게임. 한쪽은 호랑이말 '바그' 4개를, 상대는 염소말 20개를 가지고 시작한다. 염소의 목적은 호랑이를 막는 것이다. 호랑이는 염소를 여러 마리 잡으면 이긴다. 보통 염소 다섯 마리를 잡으면 호랑이가 이긴다.

하고 싶은 모양인데 한판 할래, 얘야?

우린 시간이 없어. 우르겐!

딱 한 판, 30분이면 충분해!

44

우와!

이겼다!

브라보, 얘야, 게임을 진짜 잘하네.
이번에 설욕전을 해볼까?

네, 네!

미안하지만 시간이 없다! 지금 떠나야 해.
비행기 시간이 일정치 않대.
늦어서 비행기를 놓치면 안 되니.

오흐흐 유감이야… 우르겐의 호랑이들이
어린 염소들을 다 잡아먹었는데!

잡아먹은 건 아니지…
포획한 거지! 게임 규칙을
잘 모르면 조용히 있어,
척척박사님!

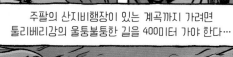

주팔의 산지비행장이 있는 계곡까지 가려면
툴리베리강의 울퉁불퉁한 길을 400미터 가야 한다…

비행기가 취소되기를…
제발 비행기가 취소되기를…

비행기가 취소되기를…

파상, 우리랑 같이 가자!

46

그들은 논과 메밀, 보리, 조, 옥수수 밭이 펼쳐진
푸른 풍경을 보면서 주팔로 향하고 있었다.

펨마, 발을 내디딜 때마다 너무 아파요.

어디 한번 보게 신발을 벗어봐.

얘들아 잠시 쉬자. 셰라브를 치료해야 해. 우르겐도 좀 쉬고. 지금은 괜찮아졌을지도 모르지만.

어제 저녁 급류에 들어갔을 때
날카로운 돌에 미끄러졌어요.

아… 그렇구나. 심하게 베어 상처가 났네.
감염될 수 있으니 지금 바로 처치해야겠다.

람시 선생님이 이 고지* 장과 가루가
필요할 거라고 하신 말씀이 맞았어.

* 구기자나무 열매를 말한다. 3000년 전부터 재배된 작고 붉은 열매로 티베트에서 나며 긴 체리와 비슷하다.
전통적으로 많은 약을 제조하는 데 쓰인다. 고지 장과의 약효는 유명하며 강장제나 해열제로 사용한다.

47

비행기에 탑승하기 위해 모두 서둘러야 했다. 비행기는 활주로에 오래 머물지 못한다. 다시 이륙하기 위해선 엔진이 멈추면 안 된다.

WRŌOHHH! 우우웅!

산지비행장은 산 측면에 위치하고 있다. 활주로는 허공을 향해 나 있다…

WRAŌWW! VRÔOO~ 우우웅
와아앙

WROOOO

이 위험천만한 이륙을 위해 비행기는 절벽 가까운 곳에 잠시 착륙했다가, 브레이크를 작동시킨 채 거세게 속력을 올린다. 엔진에선 굉음이 났다.

우우웅웅
VROOOOWW!

그러고 나서 엑셀과 브레이크 전부 풀어버린다!

WROWWWW!
위이잉잉

아아아아아아아!!!

아아아아아아아!!!

소남은 주머니에서 케이스에 든 만트라 두루마리를 꺼낸다. 아버지가 준 것이다. 소남은 작게 중얼거리면서 보호해달라는 기도를 올린다. 불보와 법보, 승보로 이루어진 삼보에게 드리는 것이다.

나모 구루 베
나모 부다 야
나모 다르마 야
나모 상하 야

날았어!

45분 후 인도 국경에서 도보로 1킬로미터, 카트만두에서 500킬로미터 떨어진
네팔건즈에 도착했다. 릭샤와 통가*가 손님을 기다리고 있다.

NEPALGUNJ AIRPORT

그들은 손님들을 공항에서
버스터미널로
데려다준다.

통가를 타고 가는 아이들은
금세 덥다고 느낀다.

아이들 앞에 도시 풍경이 펼쳐진다.
자동차와 고급 상점, 모든 게 새롭다.

사람들의 모습도…

네팔건즈에는 인도인이 많다.

?! ?!

* 낙타나 말이 끄는 교통 수단으로 최근에는 가축대신 오토바이를 사용한다. – 옮긴이

카트만두로 가는 버스 안…

마을을 벗어나 도로에서 겨우 30분을 달렸을 때였다.

커다란 트럭이 버스에 바짝 붙어
회전을 시도하다…

버스 뒤쪽과 부딪히는
접촉사고가 일어났다.

PLONG CRACK!!
부웅
쿠웅!!

?!
?
!

무슨 일이 벌어진 거죠??

이 소음은 뭐지?

?

¿

참나, 조심하지 않고 뭐한 거요!

TATA

자, 자, 진정해요. 무슨 일이요?

이 얼간이 같은 사람이
진로를 방해했습니다!

말도 안 되는 소리,
저 사람이 차량의
우선 통행권을 무시한 거요!

별일이 아니니, 진정들 해요.
경찰서에 잠깐 갔다오면 됩니다!

별수 없지. 조서를 씁시다!
내 밥줄이 걸린 일이니!

그들은 서로 다른 경찰서에 들르기 위해 여러 번 차를 세웠다.

경찰서에 멈췄다가 다시 떠나고…

지쳤어! 다른 방법을 찾아야 해결될 것 같아! 이 속도로 가다가는 결코 도착하지 못할 거야!

좁은 도로에서 왔다 갔다를 반복했다.

펨마, 우리도 내려야 하는 거 아니에요?

애들아, 조금만 참자… 우리 차가 고장 난 건 아니잖니? 곧 해결될 거야!

두 시간 후 소동은 일단락되었다.

우웨엑!

BUURPP!
우욱!

몇 킬로미터 앞 커브에서 고장 난
트럭이 길을 막고 있었다.

?!

또 무슨 일이 일어난 겁니까?

자, 우리도 도우러 가자,
그럼 더 빨리 가겠지!

WROAHH 부르릉
VROOM!

BURP
우욱

55

학교 가는 길

　　《세상에서 가장 먼 학교 가는 길》은 티베트 국경의 돌포 계곡에서 해발 4200미터에 있는 팅큐 마을
어린이들의 실화를 소개한 책이다. 네팔 북서부에 있는 이곳은 티베트 내륙으로 고립된 지역이다. 거
대한 바위 장벽이 버티고 있는 데다 고도가 높아 접근하기 무척 어렵다. 기상과 지리 여건도 지역민들
의 생활을 고되게 만든다. 문화생활을 하거나 목축업을 하기도 거의 힘들다고 보면 된다. 팅큐 마을은
전화나 인터넷 연결이 되지 않아 다른 지역과 교류하기도 힘들다. 이것은 이 작은 마을에 국한된 이야
기가 아니다. 실제로 네팔 인구 3000만 명 중 인터넷 사용자는 17만 5000명에 불과하다. 전화를 사용
하는 사람도 인구 19명당 1명이 채 안 된다. 교육을 받기는 더 힘들다. 교육의 중추적 역할을 담당하는
건 학교의 몫이다. 그런데 지역민들은 교육의 기회를 누리기 힘들 뿐 아니라, 지역 간 격차가 너무 심
하다. 돌포 같은 고립된 지역에 사는 초등학생들은 교육을 더 수월하게 받는 지역에 비해 엄청난 불평
등을 겪고 있다. 특히 교육의 질적인 면에서 그렇다. 숙련된 교사들이 이처럼 외진 지역으로 찾아가는
모험을 거의 하지 않기 때문이다. 실제로 판장 계곡은 2002년까지 학교 시스템 자체가 없는 실정이었
다. 그 당시 판장 계곡에는 180가구가 넘게 살고 있었지만, 글을 읽고 쓸 줄 아는 사람은 10명밖에 없
었다. 이 책의 주인공들이 사는 팅큐 마을에는 현재 유일한 학교 쿨라 마운틴 스쿨이 있다. 10년 전, '쉬
르르슈맹드레콜(Sur le chemin de l'école, 학교 가는 길)' 단체의 협력기관인 '에스오에스앙팡(SOS Enfants)'
덕분에 세워질 수 있었다. 이들은 마을에서 네팔어를 말하고 읽고 쓸 수 있는 유일한 아이들인 셈이
다. 아이들이 고등교육을 받으러 카트만두로 떠난 까닭도 더 나은 삶을 꿈꾸었기 때문이다. 오늘날,
카트만두에서 학위를 받은 이들 가운데 대학에 진학하지 않고 고향인 돌포로 돌아오는 경우가 종종
있다. 자신들이 누린 기회가 얼마나 소중한지 알고 있었기에, 그들은 다른 아이들도 고등교육을 받는
멋진 기회를 잡을 수 있도록 견습교사로 활동하고자 했다. 서양의 아이들이 학교에 가기 싫어 불평을
늘어놓을 때, 네팔의 아이들은 좋은 교육을 받기 위해 눈보라를 헤치고 얼어붙은 강을 건너는 위험을

감수한다. 매년 카트만두의 중학교가 개학할 때면 초등학생들이 동일한 여정을 거쳐 학교에 오는 이유도 교육을 통해 더 나은 미래를 누리기 위해서다. 그들 역시 목숨을 걸고 히말라야 산맥을 건너 학교에 도착한 경험이 있기 때문에 또다른 아이들을 인도해주는 것이다.

'쉬르르슈맹드레콜' 협회는 '비영리기구를 위한 1901년법'의 지원을 받아, 장편영화 〈학교 가는 길〉 제작자인 바르테레미 푸제아와 감독 파스칼 플리송이 설립한 비영리단체이다. 이들의 목표는 교육의 혜택을 받지 못하는 오지의 아이들에게 교육을 제공하는 것이다.

처음에는 영화 〈학교 가는 길〉에 참여한 아이들과 다큐시리즈 〈학교 가는 길〉에 참여한 아이들이 학업을 계속 이어가고 원하는 목표에 이를 때까지 지원하는 것이 목표였다. 현재 협회는 영화와 다큐 시리즈 주인공 아이들 외에도 더 나은 교육을 받기 위해 분투하는 아이들을 지속적으로 지원하고 있다. '쉬르르슈맹드레콜' 협회는 이 아이들과 공동체들에게 장학금을 지원하고, 지역의 신뢰할 만한 중계 시스템과 연계하여 근거리에서 수혜자들을 돕는다. 마지막으로 협회는 이 아이들이 보여준 특정 능력, 즉 주도성과 용기, 결단력과 협동심을 더 많은 어린이와 공유하기 위해 교육 과정 개발에 참여하고 있다.

이 협회가 설립된 이후 모로코, 카메룬, 베트남, 케냐, 인도, 아르헨티나, 요르단강 서안지구와 마다가스카르에 걸쳐 9개의 프로젝트를 시행해왔다. 오늘날은 루마니아, 미얀마, 인도, 말리, 페루와 네팔, 필리핀과 마요트섬에서 새로운 8개의 야심찬 프로젝트를 진행 중이다.

오늘날 '쉬르르슈맹드레콜' 협회는 '에스오에스앙팡'과 협력하여, 돌포의 판장 계곡 아이들에게 교육 기회를 지원하고 있다. 교육을 마친 아이들은 고향 마을의 경제적 사회적 발전을 일구는 데 앞장설 것이다.

| 저자 |

르노 가레타 1964년 브레스트에서 태어났다. 그래픽 아트를 전공한 후 1987년부터 광고계와 음악 분야에서 일했다. 만화가로 데뷔한 작품 '폭스 원' 시리즈가 독자들의 큰 사랑을 받았다. 액션 스파이 물《인사이더》는 2001년 첫 권이 나온 후 현재까지도 시즌을 달리하며 출간 중이며, 여배우 제시카 알바와 로버트 로드리게즈 감독이 영화 판권을 사기도 했다. 2005년부터 파비앵 뉘리와 함께 12부작 으로 기획된 '벤슨 게이트의 지배자' 시리즈를 선보이고 있다. 그 밖의 저서로 《웝업》이 있다.

마리-클레르 자부아 영화감독이자 시나리오 작가, 영화와 TV 다큐멘터리 수석편집자로 일하고 있 다. 아이와 여성, 빈민층을 주제로 한 작업에 관심이 많다. 다큐멘터리 〈수녀들의 비밀〉(알베르 롱드르 상 수상)과 〈모성: 장애 여성들의 전투〉를 제작했으며, 파스칼 플리송의 〈학교 가는 길〉(세자르상 '최고 의 다큐멘터리' 수상)과 질 드 마이스트르의 〈첫 번째 외침〉의 공동 시나리오 작가로 참여했다. France 5에서 방영된 연작 다큐멘터리 〈학교 가는 길〉의 시나리오와 편집, 내레이션을 맡았다. 현재 청소년 을 위한 시리즈물 〈태어나다, 독립하다〉를 촬영 중이며, 이 작품은 France 4와 넷플릭스에서 방영될 예정이다. 글쓰기와 편집, 촬영을 통해 현실에 기반을 둔 인간의 역사를 섬세하게 들려주는 작업을 해오고 있다.

| 옮긴이 |

김미정 이화여자대학교 불문학과와 이화여자대학교 통역번역대학원 한불번역학과를 졸업했다. 출 판사에서 편집자로 일하다, 현재는 번역가로 활동 중이다. 옮긴 책으로 《파리의 심리학 카페》《라루 스 청소년 미술사》《잠자는 숲속의 공주를 찾아서》《재혼의 심리학》《알레나의 채소밭》《기쁨》《고 양이가 사랑한 파리》《미니멀리즘》《페미니즘》《스탈린의 죽음》 등이 있다.

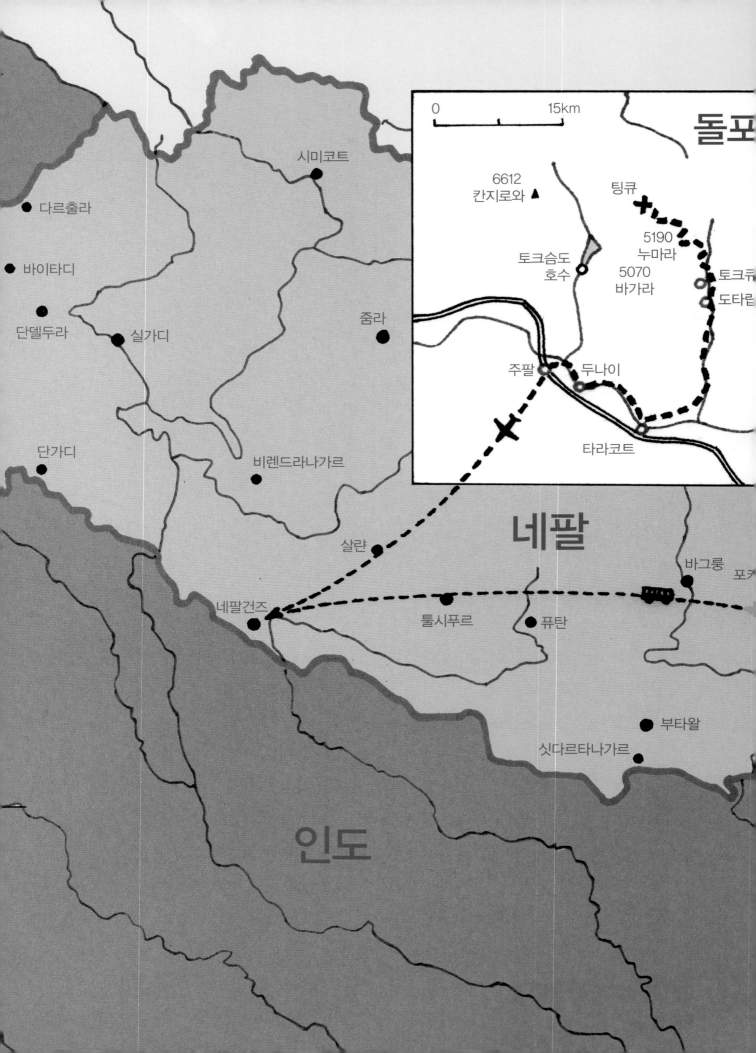

돌포

0   15km

6612
칸지로와   ▲

토크슴도
호수

5190
누마라

5070
바가라

팅큐

토크큐

도타랍

주팔   두나이

타라코트

시미코트

다르출라

바이타디

단델두라

실가디

줌라

단가디

비렌드라나가르

네팔

살랸

바그룽

포카

툴시푸르

퓨탄

네팔건즈

부타왈

싯다르타나가르

인도

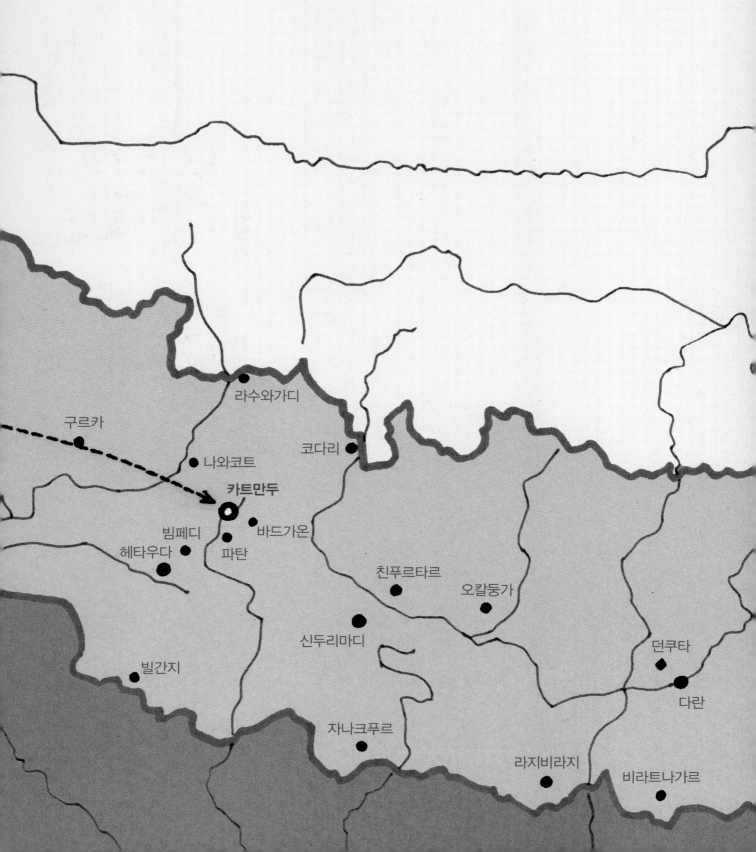

중국

라수와가디

구르카

코다리

나와코트

카트만두

빔페디   바드가온

헤타우다   파탄

친푸르타르   오칼둥가

신두리마디

빌간지   던쿠타

다란

자나크푸르

라지비라지   비라트나가르